Helatiden

Till Inez, mormors gull.

Chris Marschall

Helatiden

Förlag: BoD · Books on Demand, Östermalmstorg 1,
114 42 Stockholm, bod@bod.se
Tryck: Libri Plureos GmbH, Friedensallee 273,
22763 Hamburg, Tyskland
ISBN: 978-91-8080-765-4

Förord

Även i titeln på denna min tredje krönikesamling leker jag med ordet Tid. De förra kallade jag *Nuförtiden* respektive *Undertiden* och speglar var jag då befann mig i livet. Nu har det gått sju år sedan jag gick i pension och jag börjar långsamt inse ett och annat.

Till exempel var jag länge av uppfattningen att tiden är linjär, att jag skulle gå från klarhet till klarhet för att till slut kunna försonas med det liv jag levt. Att allting har en början och ett slut, att vi alla är rationella och lär oss allt eftersom för att, när det väl är dags, kunna bejaka döden som den mogna individ man då blivit. Mamma och jag delade föreställningen att med värdighet få sitta i skuggan under ett äppelträd i en skir blommig klänning och solhatt över det kritvita håret och ösa kärlek och visdomsord över barn, barnbarn och hundar. Oj, så plötsligt nickar mormor till en stund med sherryglaset i handen. En stund som blir till en evighet. Så borde det få sluta.

Men livet verkar inte vara en raksträcka där nya erfarenheter läggs till de gamla och lyfter oss till större insikter, klokskap och mod. Nej, det rör sig fram och tillbaka, upp och ner och inte sällan i cirklar. Ofta är jag tillbaka på ruta ett trots att blicken är stadigt riktad framåt mot ett diffust mål. Bara i korta stunder kan jag se tjusningen i detta, oftast blir jag i stället frustrerad och besviken. Men mest förvånad. Och om jag nu måste dö någon gång, så kommer det inte att ske med min medverkan. Bara så ni vet.

De här krönikorna skrev jag under åren 2022 och 2023 och de flesta har varit publicerade i Ystads Allehanda och några i kulturmagasinet *På Österlen* och i branschtidningen *Memento*. Den avslutande texten finns med i en antologi som ljudbok efter en novell-tävling utlyst av förlaget *Ekström & Garay*.

Även om krönikorna till viss del präglas av vår oroliga omvärld och att några av mina närmaste inklusive vår älskade lille hund Tim har lämnat oss, så har ett mirakel skett. Barnbarnet Inez har gjort entré här på jorden och i vår familj. Hon sprider en oförställd glädje och sprudlar framtidshopp genom sin blotta lilla knubbiga och pratglada existens. Den här boken tillägnar mormor henne. Inez mamma, min yngsta dotter Hannah Marschall, har illustrerat även denna bok med sitt lätta manér och högst personliga associationer till texterna.

Tack till min familj och första läsare Mats, Andrea och Hannah. Ni betyder allt. Men utan uppmuntran från läsarna och vännerna Monika, Cecilia, Pia, BG, Filip och Lisa hade mitt klena självförtroende varit ännu klenare. Skrivandet hjälper mig att förstå världen och mig själv lite bättre. Genom att sätta ord på det som gör ont, irriterar eller oroar, jagar jag ut trollen i ljuset där de, om inte spricker, så i alla fall bleknar för en stund.

Minst lika viktig är den feedback och igenkänning jag får från alla er andra som läser och tycker att jag har något att säga. Det gör mig lika glad varje gång jag får ett mejl med "precis så känner jag" eller när någon stannar mig på gatan och kommenterar en krönika.

Viks fiskeläge i december 2024
Chris Marschall

1

Konst, människor och meningen med livet

Jag har sagt det förut: utan konst och kultur vore livet outhärdligt, ja rent av meningslöst. I mitt tidigare professionella värv som kulturbyråkrat, hörde det till yrkesjargongen att brodera kring nödvändigheten av att ett civiliserat samhälle satsar rejält på kultur. En sanning som blir än mer sann ju äldre jag blir. Bildning och kunskap berikar människan men också samhället. Kan vi inte hänga med, greppa det som händer och uttrycka våra åsikter är risken stor att demokratins fundament krackelerar. Snäva referensramar begränsar sikten och fantasin, ökar rädslan och krymper toleransen. Visst förenar oss konsten, men inte nödvändigtvis i samma åsikter och värderingar eller i att stryka makten medhårs. Nej, snarare i att utmana, men också väcka nyfikenhet, lust och dialog. Vad vill konstnären, koreografen, regissören, författaren, kompositören med sitt verk? Jag vet inte, men så här tänker jag. Hur tänker

11

du?

Nu, lite senare i livet, och befriad från yrkeskraven, är mitt behov av litteratur, musik och film ett livsvillkor. Visst lukar även jag min trädgård, umgås med vänner och barn, reser och engagerar mig i föreningslivet. Inte så illa förstås, så länge benen bär mig. Men varifrån skulle jag få perspektiv på det hela? Inspiration till nya tankar och distans till mig själv? Tröst i det outhärdliga att jag en dag ska dö?

Ve och fasa om jag aldrig fick läsa en roman som klöser mitt innersta. Uppröras över provocerande konstbilder eller förlora mig i ett hisnande vackert musikstycke. Upplevelser som hjälper mig att förstå världen och mig själv lite bättre (även om just det senare verkar fjärran). Utan kultur skulle jag stå och stampa på ett själsligt kalhygge tömt på färg och liv, för att så småningom sjunka ner i ett ensamt mörker, lite deppigare och dummare för varje dag. Och just därför prisgiven alla fake news och skeva världsbilder, utan att ha något att sätta emot.

Återigen har vi slagit följe med vår spänstiga konstförening, som denna gång tar oss till det sexiga Berlin. De flesta medlemmarna är som vi, äldre och några är ännu äldre (som bekant blir vi ju aldrig gamla i det här landet). Jag noterar att några av medresenärerna nyligen förlorat sin livspartner. Kanske blir för dem konstresan särskilt värdefull?

Plötsligt kommer jag att tänka på mamma. Hon saknade det sociala kapital där kulturupplevelser, eller föreningsliv för den delen, är självklarheter i ett gott liv. När hon blev gammal frätte ensamheten stora hål i hennes själ. Tänk om hon kunnat resa på små äventyr då och då! Som bekant är ju gemenskapen en del av meningen med föreningen och som hade kunnat ge henne en helt annan livskvalitet. Eller om hon haft en bokklubb som, likt min, förutom själva texterna även vädrar livets stora frågor, som ju bra litteratur alltid handlar om. Istället satt hon ensam i sin lägenhet med teven ständigt påslagen och väntade på att barn och barnbarn skulle fylla tomheten i hennes liv.

Konst och kultur kan vara skillnaden mellan liv och död. I alla fall ett liv som ger innehåll, gemenskap och tröst. Vi måste arbeta (länge), äta och sova. Annars dör vi. Men utan konsten skulle vi förtvina och aldrig få kontakt med vårt kosmiska ursprung och ana det stjärnstoff vi alla är gjorda av.

2

Beslut om slutförvaring

Förlåt, jag inser att det finns roligare ämne en lördagsmorgon. Men frågan kommer förr eller senare, så varför inte ta den nu? En god vän, något äldre än jag, erkände nyligen att han börjat fundera på var i geografin han ska återbördas till jorden. Begravas, helt enkelt. Usch, den frågan har jag parkerat långt bak i mitt medvetande, men nu började även jag, om än motvilligt, att grubbla: Österlen (där vi bor), Stockholm (där barnen bor), Karlskrona (där jag är född), Limhamn (där mina föräldrar ligger). Hur ska jag tänka? En plats som är praktisk för barnen? Men kommer de någonsin att göra sig omaket? Själv har jag tagit mig till pappas grav endast några få gånger under drygt tjugo år och nu har den återgått till kyrkogården. Och trots att mor dog hösten 2020 så har jag ännu inte besökt minneslunden med hennes aska. Detta hindrar inte att jag tänker på och resonerar med mina föräldrar nästan varje dag, som det barn jag kommer att förbli tills jag själv dör.

Läste om läkaren Jakob Ratz Endlers "Hantera döden - en handbok" med en rad praktiska tips inför slutet. Men, hur mycket ska jag egentligen regissera min egen sorti? Jo, min inställning till organdonation måste vara tydlig, liksom testamentet. Inga gissningar där inte. Men allt annat? Med mitt maniska kontrollbehov planerade jag tills helt nyligen att styra upp allt från kista och musik (absolut "En stund på jorden" med Laleh) till meny och lokal för eftersitsen, förlåt minnesstunden. Jag brås på pappa som var rationell in i det sista. Noga antecknat; ingen dödsannons, gravsten utan födelseår bara dödsdatum, ägodelarna sålda och pengarna insatta på banken att delas lika mellan oss barn. När mamma var yngre ville hon prompt begravas på himmelska Avaskärs kyrkogård i Blekinge och absolut inte kremeras för att mot slutet säga "bestäm ni, jag är ju ändå inte med". Hennes inställning gav oss barn och barnbarn frihet att utforma vårt farväl så som vi mindes henne (fast jag bestämde det mesta, förstås). Mamma var något av en hoarder och hon överlät obekymrat till eftervärlden att rensa, slänga och spara. Hennes dramatiska uppväxt födde en samlarmani som tilltog med åldern. Till vår och grannarnas fasa kunde hon fiska upp en kasserad, maläten väggbonad, typ "Egen härd är guld värd", från soptunnan på gården och spika upp den bredvid en fin oljemålning. Pappa snarare föraktade det materiella, som sökare med intresse för andliga ting ofta gör, men så kom han också från en väl jordad bagarfamilj på Sturkö.

På samma sätt funderar jag på det här med att döstäda; att rensa upp bland livets artefakter för att inte belasta hårt arbetande vuxna barn. Jo, det värsta skräpet måste ut, men sådant som kärleksbrev och andra känsliga och väl bevarade hemligheter (vilka de nu skulle de vara?) vad gör jag med dem? Ska man inte ge ungarna det sista nöjet att upptäcka små mysterier om sin mamma, som de inte haft en aning om? Kanske kan just den gemensamma uppgiften vara både livgivande och läkande i sorgen. Att titta på foton (obs de flesta finns i mobilen), kivas om några användbara kläder (svart är alltid modernt) och äntligen se på de där pantograferade seltersglasen med försonande ögon. Och slutligen, var ska jag begravas?

Pass. Skönt att ha giltigt förfall.

3

Kan man dö utan att ha sett Venedig?

Eller Jerusalem, Buenos Aires, Istanbul, S:t Petersburg (fast inte nu längre), Tokyo, Kapstaden, Sidney…? Min bucket list börjar bli lång och det är bråttom innan - ja, ni vet vad. Tio max 15 år om jag ska orka bära resväskan själv. Sedan länge har jag gett upp ambitionen att hinna läsa världens bästa romaner, de är för många och dessutom kommer ju nya hela tiden, men städerna ligger stadigt förtöjda i sina länder och dupliceras inte okontrollerat. Om inget ovälkommet inträffar och jag genomför en resa om året, så kan jag kapa listan nerifrån. Check!

Jag hade just bestämt mig för att inte byta ut mitt fullt fungerande, men slitna, kök mot ett nytt utan istället bränna pengarna på resor, när jag läste om en idéhistoriker i Göteborg som brutalt intervenerade i mina planer. Den avgörande period mänskligheten nu befinner sig i kräver uppoffringar in på bara skinnet, hävdar han. För att avvärja en klimatkatastrof måste vi alla (alla?) göra drastiska livsstilsförändringar som kommer att svida. Vi måste begränsa vår rörelse- och konsumtionsfrihet, vilket bland annat innebär att avstå långa flygresor. För planetens och vår egen överlevnad gör vi bäst i att hitta nya sätt att leva ett gott liv som ger oss tillfredsställelse och mening. Han refererar till Aristoteles, som betonar individen som en social, ansvarstagande varelse, och pläderar för resor med liten radie; små förflyttningar i närområdet eller allra helst bara i vårt eget inre. "Att vila i eftersmakerna istället för att ta en tugga till", som han uttrycker det. På frågan hur han själv skapar en både meningsfull och ansvarfull tillvaro så cyklar han, lagar god och miljösmart mat till familjen och plockar blåbär i skogen, när han inte forskar och skriver böcker.

Å, neeej! Måste just lilla jag vara en del av mänskligheten och behöva bära jordens alla bekymmer på mina klena axlar? Kan man inte bara åberopa Platon, han som talade om individens frihet? Hur stora försakelser är rimligt att begära av en som bara lever en gång och inte tror på ett liv efter döden som kan klimatkompensera mina flygresor i all evighet? Med den nya livsstilen kommer jag bergis att tyna bort elak och bitter över allt jag inte fick uppleva hängande i en rullstol med en pipmugg blåbärssoppa utspilld i knäet. Min gode vän undrade förresten härförleden var någonstans jag helst vill sitta och se solen gå ner och ta mitt sista andetag. Aldrig i livet i solnedgången! Som den morgonmänniska jag är, vill jag ge upp andan i soluppgången, när gladorna visslar och en ny dag tar sats. Höra tidningsbudet smälla med brevlådelocket och kaffekokaren muttrande skicka sin ljuvliga, brända doft genom huset. När småbarnsföräldrarna med ett öra i Nyhetsmorgon, kämpar med frukost och påklädning för att hinna till dagis samtidigt som gymnasisterna förbereder sig för att rusa ut i livet med full förtröstan om en ny strålande morgondag. Mitt i bruset, mitt i hjärtslaget.

Men helst på resa i främmande land. Även jag längtar till Italien med olivlundar och citronträd och hela det europeiska kulturarvet i vackra ruiner. Varför inte sluta med en cappucino och en smörig cornetto på en lagom slamrig trattoria i värmande sol över ryggen? Tänk att få möta döden i Venedig.

Om världen finns kvar då, vill säga.

4

Den tunna röda linjen

Det är HELT oacceptabelt, säger våra politiker, efter att monstret forcerat ännu en röd linje. I går var det bomber mot civila, i dag är det våldtäkter på unga flickor, i morgon är det... kemvapen? Smärtgränsen trasseras gång på gång och verkar flyttas fram i samma takt som nya illdåd begås. Fasorna är obeskrivliga och orden har tagit slut. Men redan efter några veckor inträder något, är det verkligen, en slags avtrubbning? Jag minns hur jag reagerade i gängkriminalitetens början; herregud vad händer? Numera sker i snitt en skjutning om dagen och jag reagerar mer när det inte skjuts. Oj vad händer, har polisen lyckats trots allt?

Kanske är vi funtade så för att klara tillvarons hårda villkor, att inte bryta samman vid första bästa tragedi. Vi skyddar oss för att överleva med förståndet i behåll. Men vad gör det med våra själar när vi ideligen tvingas bevittna hur gränserna för det uthärdliga, det mänskliga suddas ut? Blir vi svagare, räddare? Eller modigare, mer förhärdade? Jag vet inte, men tvingar mig att se fast jag mår illa och ibland gråter jag av förtvivlan. På nätterna dödar jag monstret som dödar, skändar, ödelägger. Vanmakten blir till frustration som blir till ångest.

Men det finns människor vars röda linjer är minerade, som inte överträder dem utan smärtsamma konsekvenser för det egna samvetet och självrespekten. Min beundran är stor för den unge killen som packar en lastbil och kör flera hundra mil, enorm för kvinnan från norr som ansluter till frihetskämparna med risk för det egna livet. Som säger enough is enough och menar det. Det är säkert samma sorts människor som går emellan när en medresenär blir trakasserad på bussen, som ryter till när ägaren behandlar sin hund illa. Sådana som blåser i visslan när kollegan mobbas med risk för att själv bli mobbad, eller som hjälper den misshandlade kvinnan att resa sig och gå. Nu är det nog, där gick du över gränsen.

Är det dessa människor som ska förvara Sverige när de gränslösa, de utan gränser, flyr till Norge eller öppet ifrågasätter om det här landet är värt att strida för? Ska vi offra män och kvinnor för... ja, vadå? Luktar det inte farlig, unken nationalism? Tänk om människorna i Ukraina hade tänkt så; nu drar vi, frihet och demokrati, vad är det för blaj!

Ibland undrar jag om inte vi svenskar, som världens mesta individualister, har tappat det. Tappat den kollektiva insikten och stoltheten över att leva i ett land där vi själva råder. Ett land som dessutom står sig väl i jämförelse med de flesta andra länder med de flesta mått mätt. Vi saknar sisu, som finnarna, med blod förvärvat i kampen för överlevnad, liksom ukrainarna och många andra som känt av förnedring in på bara kroppen. Generationerna som kommer ihåg krigen på 1900-talet börjar ta slut hos oss, dessutom var vi aldrig riktigt med. Måste vi dras in i ett krig på riktigt för att vi ska värdesätta det vi har? För inte lär det väl räcka med dyrare bensin och el, som i bästa fall kan lanseras som en ny, smartare livsstil.

Så här års brukar jag njuta av våren, av sipporna som niger så fint i backen, att barnen mår bra och hunden fortfarande lever. Men nu är det svårt, glädjen tar inga skutt i bröstet.

Och tur är kanske det. Hade jag varit människa då?

26

5

Är vi mammor masochister?

Visst brukar föräldrar säga att vi utan att blinka skulle offra livet för våra barn? För vem annars skulle det vara sant? Ingen. Det betyder att vi står ut med i stort sett vad som helst. Men inte bara kan vi ge våra liv om det krävs, särskilt vi mammor måste stå ut med en hel del skit också.

Jodå, jag kan vara jobbig när jag kommer igång, men det kan döttrarna också. Fast det borde ingå i vuxenblivandet att inse att den äldre generationen faktiskt har något att lära den yngre. Kanske är det till och med evolutionens yttersta och välvilliga mening. För det var väl inte jag som uppfann socialisationsprocessen, eller?

OM jag skulle råka säga att den där finnen i pannan borde du sätta lite tandkräm på, eller kanske skulle du försöka träna bort celluliterna, eller den där gula tröjan var väl inte så lyckad till den rosa kjolen. Och glöm inte att boka tid hos tandläkaren och gynekologen. OM jag skulle råka säga det, så antingen fryser luften till is, eller så brakar helvetet löst. Särskilt riskfyllt lever jag i deras pms perioder, som jag håller koll på av ren överlevnadsinstinkt. Då gräver jag ner mig i komposten i väntan på att hormonstormen ska bedarra. Herregud! Min mor kom ofta med tips och goda råd. Vad jag minns lyssnade jag uppmärksamt och gjorde för det mesta som hon sa.

En väninna klagade nyligen över att hon liksom tappar sin personlighet och blir så konstigt mesig när hon umgås med sina barn. Precis så! Så för min egen och guds skull lägger jag mig platt, käftar inte emot utan trippar på glas för att inte säga något okänsligt, tjatigt eller det värsta av allt – något sant. Jag kryllar ihop hela mig medan det fradgar inombords.

Men inte kan man väl ha full koll när man bara är några och trettio jämfört med vad livet lärt den som just fyllt 70? Okej. Det är sättet man säger det på. Säger de. Det innebär att jag kritar truten, slår an en överpositiv ton och först berömmer dem för någon bagatell för att sedan smyga in ett litet, litet råd. Så litet att det knappt hörs. Då lyssnar de. Men vem orkar det? Nuförtiden har jag sällan tålamod att truga och smila och är dessutom uppriktigt förvånad över att min livserfarenhet inte verkar intressera någon. Kan det bero på att jag som äldre kvinna inte gjort annat än gullat med chefer, medarbetare, män och barn i alla år? Till och med hunden måste jag handskas varligt med så att han inte blir dålig i magen och biter oss.

Beundrar Marianne Lindberg De Geers hänsynslösa dagböcker som vågar beröra något så känsligt som relationen till de egna barnen. Hur utlämnad man är som mamma och hur sårad man kan bli men aldrig får visa. Istället hukar vi och skuldbelägger oss själva. Medan barnen får fara ut och leva rullan. Mammor ska vara den vuxna i rummet, hela livet. Nu kan ni invända, men så kan vi inte ha det, man måste kunna ha en rak och jämlik relation till sina barn. Pyttsan. Man är förälder hela livet och blir behandlad så också.

Konstigt nog vill jag inte byta det mot någonting i hela världen! För alla de där stunderna av tyst samförstånd, massor av fniss och ren kärlek - det är dem man lever för.

Något mer karaktärsdanande än att vara mamma behöver man inte leta efter. För det finns inte.

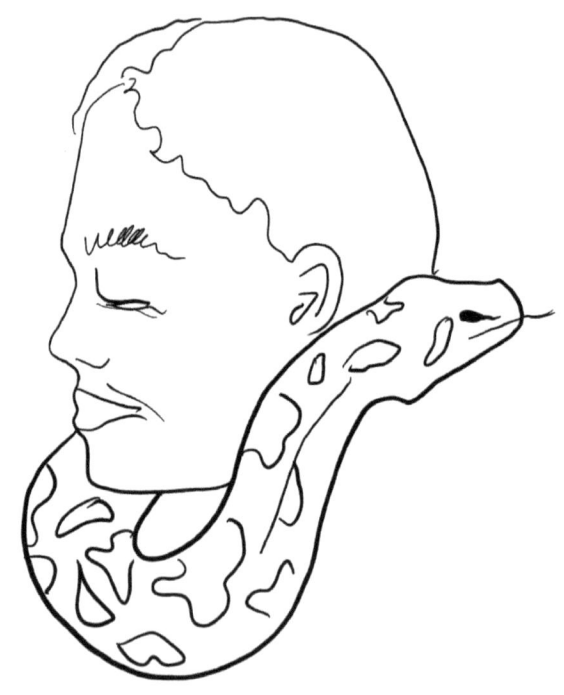

6
Dörädd

Den fullsatta kyrkan vibrerar av nervös tystnad. Bara några kvävda snyftningar hackar sig igenom. Vår vackra klasskamrat kom aldrig tillbaka till gymnasieterminen efter sommarlovet. Det viskas om en överdos, men ingen vet säkert. Vi hinner knappt resa oss innan hennes mamma kastar sig över kistan och skriker hjärtskärande på ett språk vi inte förstår. Golvet gungar och jag börjar må illa.

Det var min första begravning och plötsligt visade sig döden. Många år senare förlorade en kollega sin tonårsdotter i en skidolycka och en tid därefter en vän ett av sina barn under en vandring i Alperna. Då hade jag själv två små döttrar och ångesten ville inte släppa. Sedan dess har jag varit med om många dödsfall, en del tragiska, andra mer naturliga. Och så det konstiga när 93-åriga mamma oväntat avled i covid hösten 2020.

Vårt samhälle tycks lida av en kollektiv dödsskräck. Om vi ser åt ett annat håll kanske den försvinner? Bland vännerna noterar jag olika sätt att tackla det oundvikliga. De flesta lever enligt mottot "carpe diem" och hävdar att det är mot vår natur att grubbla över slutet, det skapar bara ångest och dålig stämning. Några få är uppriktigt intresserade och vill försonas, i alla fall med tanken, på att en dag dö. Lite av "memento mori" där.

Själv är jag mer än intresserad. Besatt skulle nog mina närmaste säga. Ja, döden utövar en nästintill morbid (sic!) lockelse och jag studerar maniskt söndagarnas dödsannonser, som allt oftare innehåller människor jag känt. Har jag möjlighet går jag gärna på deras begravningar. Även om jag inte är troende så skänker mig kyrkorummet och prästens ord en inre frid och acceptans. Kanske är begravningen den av vårt samhälles rites de passages, som är svårast att undvara. Vi får sörja och ta farväl men ges också tröst och vägledning tillbaka till det liv som väntar. Paradoxalt nog känner jag mig aldrig så levande som då.

Genom att exponera mig för döden hoppas jag kunna ta kommando över den på ungefär samma sätt som jag betvingat min fobi för ormar. (För övrigt är väl skräcken för döden och ormar en slags mänsklig arketyp, fast av olika skäl). Som ung reste jag ensam till Sri Lanka och en dag lät jag en man på stranden hänga en tung pytonorm runt min nacke. Den oväntat svala och torra kroppen överraskade mig. Trots min rusande puls stod jag kvar och lät mig fotograferas. Sedan dess inger mig ormar visserligen inga lustkänslor, men heller ingen panik.

Pandemihösten 2020 dog många gamla på äldreboenden ensamma på sina rum. Mamma var en av dem. Det plågar mig fortfarande att jag inte fick hålla om henne när döden kom, känna dess utandning på min hud, stirra den i vitögat. Men när personalen frågade om jag ville se henne dagen efter tackade jag nej. Jag skyllde på att jag ville minnas mamma levande. Fortfarande kan jag inte förklara vad jag var rädd för.

Ja, en dag ska vi dö, alla andra ska vi leva, skrev PO Enquist. Stundtals känns tanken på ett slut ganska rimligt. När det inte känns fullständigt absurt. Och det är väl kanske livets största gåta: hur kan vi leva när vi vet att vi ska dö? Även om evigt liv hade varit möjligt, så får Karl Ove Knausgård det att låta riktigt tråkigt: "Döden gör ju att allt förnyar sig hela tiden. Utan död blir det bara ansamling av liv. Allt blir stillastående". Nej, ett statiskt, i all evighet pågående liv, är nog inget för en rastlös själ som jag.

Kanske lyckas jag en dag tänka på döden som en mild liten gumma som varsamt bäddar in mig i den eviga, fridfulla sömnen. Så som jag hoppas att det var för mamma.

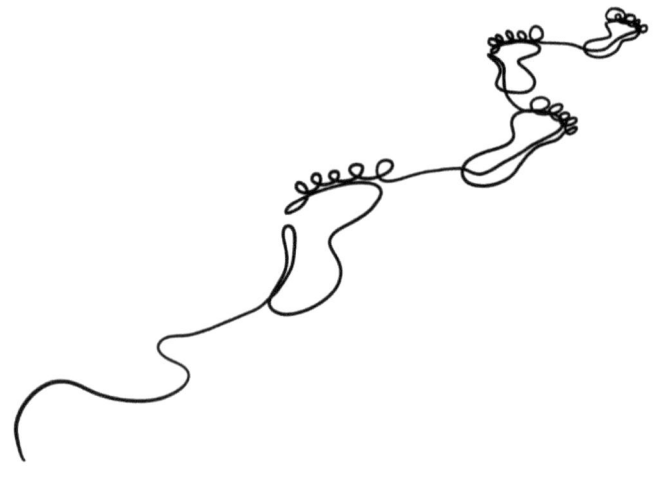

7

Steg för steg

Hoppsan! Mitt fibblande med mobilen uppdagar en stegräknare i hälsoappen. I det tysta har den räknat och analyserat mina steg under lång tid och kan nu redovisa en statistik som väcker frågor, minst sagt. Nu kör vi, tänker jag. 10 000 steg om dagen är väl en baggis! Med min steglängd tar det ca 1,5 h och jag går utan vare sig poddar eller annat brus i öronen. Ett avlägset mopedknatter dränks snart i kornas råmanden och vågornas suckar. I äppelodlingarna lyser frukten röd och grön. Det här är min tid.

Fötterna rör sig utan att jag behöver påminna dem och efter en stund går vi i takt hela jag, ben, armar, andning, puls. Efter knappt 500 steg har jag listat ut vad som behöver inhandlas till middagen. Efter ytterligare några hundra har jag ingående penetrerat någon pikant företeelse i vänkretsen. Men sen då, vad ska jag använda huvudet till de resterande 9 000 stegen?

Jag ska lära mig att dö. Åh, herregud, stönar ni. Måste vi läsa detta en vacker lördagsmorgon i augusti? Ja, kanske just då, vill jag svara. Av sjukdom och ålder börjar vänner och bekanta försvinna och i min omedelbara närhet kämpar en kär människa med en dödlig diagnos. Motvilligt inser jag att det kan bli min tur snart, ja varför inte, när nu så många andra? Strax hör jag vännerna protestera – hallå där, livet är nu! Carpe diem, remember? Ja absolut, det är den enda rimliga hållningen i min ålder. Förundran och tacksamhet över att ha fått leva så här länge, varje ny dag en nåd, en gåva. Men en dag ska vi dö.

Sånt kan man säga, men hur gör man för att fästa tanken i magen och ersätta paniken och ångesten med ett hopp om att när det är dags kunna säga - kom an, nu är jag redo. Är det möjligt? Det är själva metoden jag är ute efter, det konkreta arbetet i brist på en tröstande och vägledande gud som, inbillar jag mig, tar över jobbet.

Jag prövar: först påminner jag mig om att alla före mig har dött och att alla (med en viss reservation) efter mig kommer att dö. Universum rymmer i alla fall fram till nu, långt fler döda själar än levande. Jag ser mina föräldrars ansikten och händer framför mig och deras föräldrar så långt jag minns dem. Och några andra människor jag känt och älskat som inte längre finns. Därefter omfamnar jag det allra käraste; mina döttrars kroppar och hud, både som barn och vuxna, mannens sträva kind och hundens mjuka öron.

Sist kommer tanken på slutet, det definitiva. Det är en tröst att många människor får sova sig in i döden, sederade till en sänkt medvetandegrad utan oro och smärta. Jag tänjer de svåraste av tankar till en outhärdlig gräns genom att tvinga mig se barnens sorg, mannens saknad. Kanske hunden överlever mig och undrar vart plötsligt all kalkonkorv och brieost tog vägen. Kan det vara ett sätt? Att mentalt tortera sig själv för att, när den tiden kommer, ha trasserat gränsen så många gånger att det outhärdliga blivit lite mindre outhärdligt? Att det är existensens villkor och att livet går vidare. Som det alltid gjort.

Tja, så kan man tänka medan fötterna trampar och stegräknaren jobbar. Och hur går det, kanske ni undrar. Nej, någon vän har döden inte blivit, gudbevars! Kanske blir den aldrig det. Mer då en okänd, mystisk släkting, som man kan vara lite nyfiken på…

Lustigt nog har livet kommit närmare än på länge.

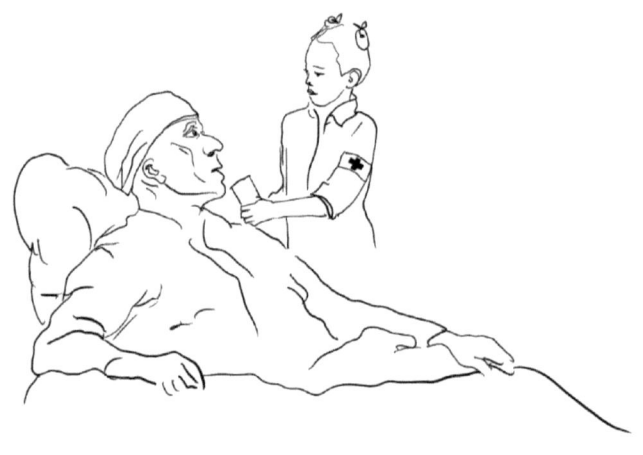

8

Krigens offer

Han sitter grensle över henne i sängen och skrattar upphetsat. Rösten är främmande och ihålig. Från hennes näsa rinner blod, han har tryckt upp tändstickor i näsborrarna och hon skriker rakt ut. Han påstod sig blivit utblottad, tillfångatagen och torterad av ryssarna när de invaderade Ungern 1956. Han var en av de 200 000 som flydde kommunisterna och till slut hamnade han i Göteborg utan bagage, med endast kläderna på kroppen och i fickan sitt pass. Kvar blev hustrun och en liten son. Planen var att familjen skulle komma efter, men varken hustrun eller någon annan släkting tilläts lämna landet och själv kunde han inte återvända av risk för att bli gripen. Efter många år tilläts hans gamla mor, som var änka med svart sjalett om det vita håret och krucifix runt halsen, att bosätta sig i Malmö. Hennes hårda ögon verkade ha sett det mesta. Hon pratade bara med sin son och den katolske församlingsprästen och hon lärde sig aldrig svenska.

Bill skickades tillbaka från Vietnamkriget på

kryckor med ena benet amputerat och ett avgrunds-
djupt mörker i de vackra ögonen. Håret svängde
flottigt och trassligt över de kutiga axlarna i takt
med det tomma byxbenet. Han påminde mest om
ett skadeskjutet djur där han hoppade runt på uni-
versitetets campus. Var han inte autistiskt inkapslad
i sitt trauma kraxade han osammanhängande ramsor
eller gjorde plötsliga aggressiva utfall mot någon han
mötte. Man kunde höra hans läskiga, galna skratt på
långt håll. De tvära kasten skrämde både studenter
och lärare, som tog omvägar när han närmade sig.
Drogerna han självmedicinerade var enda sättet att
fly från minnesbilderna som gick på repeat dygnet
runt.

Vad gör krig med människor, med de unga solda-
terna, med offren som tvingas bevittna och överleva?
Kvinnan i Butja sa att Putin berövat henne hennes
mänsklighet. Kanske menar hon att när gränsen för
vår mänskliga värdighet har passerats, så har något
brustit som aldrig mer kan återskapas. Man blir själv
ett monster.

Den ryske poeten Lev Rubinstein skämtade här-
förleden bittert om att Rysslands operation Z står för
Zombier, levande döda som avtrubbade av droger
avhumaniseras för att kunna döda. När mardröm-
marna från Balkan, Irak och Afghanistan slår klorna
i den danske yrkesofficeren Jens går han ut i träd-
gården och rensar ogräs, vattnar och krattar för att

ladda av oron i kroppen och ångesten i själen. Hur många generationer kommer att lida av det krig, av alla krig, som pågår? Hur många kommer att ridas av mardrömmar som aldrig tystnar, minnen som aldrig bleknar?

Hur det gick för min studentkompis Bill i USA 1971 vet jag inte. Om han inte dog av en överdos utan fortfarande lever, så kan jag bara hoppas att han fått hjälp att finna frid i sin sargade själ.

Fast det gått nästan 60 år så skär minnet av mamma i sängen med ansiktet blodigt som en kniv genom magen. Nästa dag grät han som ett barn och sökte tröst hos mig som själv bara var ett barn, men redan hade lärt mig att ringa polisen och barrikadera min sovrumsdörr på nätterna. Morgonen därpå hade han hällt salt i min o'boychoklad, maniskt fnissande och åter inne i sin sjuka värld.

Krigen har många offer. Ibland finns de där man minst anar dem.

9

Barnen som slagträn

"Hon fick precis VD jobbet i London, men hennes man har ju egen reklamfirma och tjänar multum, så de anställer några aupairs. Du vet, vardagspusslet i Djursholm med de tre ungarna och alla deras aktiviteter är tufft". Min mage ilar av irritation när hon skryter om sin dotters karriär. Och då har hon ännu inte hunnit berätta om sonens...

Inte sällan kommer barnen på tal vänner emellan. Inte så konstigt, de är ju ändå det käraste vi har och lever ofta mer spännande liv än vi själva. "Förresten har de just byggt pool", tillägger hon, vilket nuförtiden tycks lika omistligt för den välbärgade medelklassen som egen vinkällare. På frågan hur det är med Lisa eller Kalle, så svarar vi automatiskt hur det går för dem på jobbet eller beundrar något åtråvärt materiellt förvärv. Nästan aldrig nämns hur de egentligen mår, om de är tillfreds med livet eller brottas med oro för framtiden eller hyser andra existentiella tvivel. Bara i förtroliga samtal med de närmaste vännerna vågar vi erkänna att sonen eller dottern är deprimerad, utbränd, drogar eller har svårt att hantera tillvaron i största allmänhet.

Kan det vara så att "misslyckade" avkommor spiller över på oss som satte dem till världen och som uppenbarligen inte klarat av att uppfostra och ta hand om dem? Ansvaret är vårt och i det tysta plågas vi av skuld och skam. Barnens framgångar däremot förgyller vårt sociala kapital och förlåter oss våra egna ofullkomliga liv.

De barnlösa har inte mycket att bidra med. De som har barn som inte är något att skryta med tystnar. Detsamma gäller även för barnbarn som är sena i utvecklingen och kanske visar sig ha en funktionsnedsättning eller kronisk sjukdom. Då är det roligare att tala om de som utvecklas till belåtenhet eller till och med har en särbegåvning vi själva inte kommer i närheten av. Oj, vilken tur att vi har några telningar som kan tjäna som beundrade exempel (läs blivande nobelpristagare) när mor- och farföräldrarna jämför!

För några år sedan frågade jag äldsta dottern hur hon och hennes man skulle reagera om de skulle få ett barn som under graviditeten visade sig ha en allvarlig skada. "Vi skulle naturligtvis behålla det". Hennes svar gjorde mig stolt, men inte över mig själv. När jag och hennes pappa var i samma situation skulle vi valt annorlunda. Varför? Det var 34 år sedan och kanske var samhället då mindre tolerant mot ett handikappat barn, eller så var vi själva inte lika ödmjuka inför livet som vår dotter är idag.

Tanken slår mig: kanske är skrytet om barnen en slags besvärjelse. Som föräldrar vet vi att livet kan slås sönder när som helst. Min skrävlande väninna blev själv änka tidigt, fick en livshotande bröstcancer och lurades i samma veva på hela sitt pensionskapital av ett kriminellt nätverk. Barn och barnbarn håller henne kvar vid livet.

Självklart måste vi få vara stolta över våra barn! Men ännu viktigare är att älska och respektera dem i deras egen rätt. När vi föräldrar slår varandra i huvudet med deras framgångar bidrar vi till synen på livet som en poängsatt tävling. Då blir det också legio att ringakta de som inte orkar eller förmår.

Vi måste tänka oss för. Särskilt i dessa tider.

46

10

Try to remember ljuva november

När jag för ett antal år sedan fortfarande jobbade kunde jag provocera mina arbetskamrater med att älska november. Jag talade lustfyllt om mörkret som tjocknar långsamt som en béchamelsås, om dimman som landar blöta kyssar på kinderna, nedräkningen till jul då vi alla samlas igen. Så underbart! De flesta blängde glåmigt på mig på väg till eller från ljusterapin. Vad är det för fel på dig, morrade de. Hm, ingen aning mumlade jag, kanske är det ärftligt?

En pojkvän jag hade på 80-talet i Stockholm (visst hette han Björn?) gick i ide runt allhelgonahelgen. Varje kväll parkerade han sig framför tv:n med en flaska Vino Tinto och ett paket röda Prince och reste sig inte ur fåtöljen förrän i sportlovsveckan då han for till Blåsjön för att åka skidor med sin son. Därefter lekte livet i det tilltagande ljuset med ännu mer vin och han sjöng och plonkade gitarr, glad som en speleman fram till allhelgona då allt började om igen. Jag stod ut en årscykel efter insikten om att han led av en saftig endogen depression. Min mamma hade också en släng av det där medan pappa, liksom jag, var okänslig för årstidsväxlingarna.

Fast inte helt okänslig ändå. Mina värsta månader har jag framför mig. Januari och februari. Ja, till och med mars kan vara outhärdlig i sin slaskiga tristess. Visserligen har ljuset kommit tillbaka men vad hjälper det när allt är så fult och småsnålt och det är så oändligt långt till ljuva november. Men våren och sommaren då, undrar ni. Det är väl ändå det bästa av allt? Nä. Den trögkalibrerade kroppstermostaten gör att man svettas floder och det porösa hullet dallrar oskönt i det skarpa ljuset. Usch! Sommaren är kort, det mesta regnar bort om det nu inte brinner upp. Överspända förväntningar briserar under alltför många drinkar framför grillen och skilsmässorna kommer som ett massbrev efter sommaren. Dessutom invaderas mitt så ömtåliga fiskeläge av hiskeliga husbilar som rammar våra handlagda stenmurar och idioter (obs! inte hundägare) som trycker ner flottiga pizzakartonger i hundlatrinen. Långt in i oktober jagar jag glasspapper och gömda ölburkar i vresrosorna.

Men nu äntligen är här lugnt och tyst, bara havet svallar och vårt bofasta svanpar glimmar vita i hamnbassängen medan jag smyger runt i mörkret och njuter av de utsökta planeringsförutsättningarna för advent och jul. Inget är som väntans tider; doften av kanel och glögg, alla tindrande ljus och en stilla gemenskap utan hysteri. Jo, jag har taggat ner och bestämt mig för att de köpta julköttbullarna är lika goda som mina hemmatrillade. Bäst av allt är de loja mellandagarna med nya böcker och nattmackan med skinka och senap på en grov kavring i skenet av den (numera) sparsamma julgransbelysningen. Om vi befinner oss i Stockholm kan vi vakna upp i en adventskalender och upptäcka att de sotsvarta plåttaken och kullriga gatorna på Mariaberget under natten täckts med nyfallen snö som kväver gatans ljud i tjock fetvadd.

Det är bara ett problem med att älska november. Jag är tämligen ensam. Alla andra stirrar med tomma ögon, gnäller och kvider och hotar med att ta livet av sig. Jag känner bara en till som är som jag. Martin.

Jag ska ringa honom nu.

11

I mina spejares fotspår

Det är läskigt att gå först, särskilt på okända stigar. I mörkret låter jag alltid hunden gå före, det är ändå han som måste kissa. Vem vet vad som lurar framför oss? Kanske en förlupen kungskobra, eller varför inte en lättkränkt grävling, ni vet en sån som inte släpper taget förrän benet krasar. Aj, aj. (Bäst att ha krossade äggskal i stövlarna, säger en granne som verkar ha koll). I främmande städer går jag gärna längst bak för att inte bli överraskad av ja, gud vet vad, men framför allt för att slippa tappa orienteringen och gå vilse.

Inte bara på hundpromenaden är det läskigt att gå först. Det gäller även på livets stig. Men nu, utan föräldrar i livet och med bara yngre syskon, har jag hamnat i första ledet och är utan den trygga krockkudde som mamma och pappa utgjorde. Vägen framåt känns som att vandra in i en mörk skog. Hur ska jag sätta foten för att inte trampa fel?

Som förälder är man en slags vägvisare hela livet. En del menar att vi, särskilt kvinnor, blir så gamla och med råge överlever vår fertila period för att kunna vägleda inte bara barn utan även barnbarn. Till skillnad från många andra arter står människoapan inte omedelbart stadigt på egna ben, utan måste bibringas färdigheter och omdöme under lång tid för att inte gå under. Jo, jo ibland en påfrestande och otacksam roll, men det hör till.

Döttrarna och deras generationskamrater har ju färdats knappt hälften så långt som jag på livets resa och kan inte veta vad som väntar dem. När de är på det humöret kan jag bli uppringd som livlina när livet djävlas och bolåneräntorna klättrar. När jag är på samma humör kan det kännas som ett hedersuppdrag.

Men jag då? Jag behöver också en vägvisare! Någon som, likt den mentor jag hade för många år sedan, beskriver vad jag kan möta på vägen och varnar för fallgropar och snubbelgrus jag inte ser. Även om jag ibland själv kunde lista ut vad mentorn skulle berätta om ledarskapets fasor så sa hon ändå saker som jag själv aldrig kunnat föreställa mig.

Inne i min mörka skog bryter oväntat en liten ljusstråle igenom. Ur skuggorna frigör sig medsystrar och -bröder som stadigt lufsar framåt bredvid mig på stigen. Och när jag tittar ner ser jag att marken inte alls är jungfrulig utan full av upptrampade spår, av fötter som mjukat upp underlaget och sparkat undan både kungskobror och grävlingar. Wow!

Tack ni fina vänner som inte skruvar på er när döden, bräckligheten och ångesten kommer på tal, som ingjuter hopp genom att vara levande, kämpande och nyfikna. Som ömsint kan flabba rått åt det allra heligaste. Det kan bara den som vandrat en stund på jorden och själv slirat ner i diket men med en hjälpande hand kravlat sig upp igen. Och hör och häpna; där nere är sällan så mörkt och farligt som ryktet säger.

Mina ungdomar håller mig fast i nuet och den framtid vi kommer att dela en tid till. Mina äldre vänner tänker jag på som mina spejare, som går före och rapporterar bakåt i ledet. De får mig att med tillförsikt trampa på och pröva steget, ett i taget. Inte sällan, säger de, händer de mest oväntade saker på stigen. Ibland roliga, sjukt roliga.

Halleda, vem hade trott det?

LA VIA
DELLA
LIBERTÁ

54

12

Tredje akten

Nej nej, åk människa! För en sekund är jag rädd att hon ska missa tåget och stanna i armarna på den odräglige skådisen. Den romantiska komedin "Andra akten" repriseras för fjärde gången på vår lokala biograf. Det är inne med kärlek på ålderns höst. SVTs dejtingserie "Hotell Romantik" har haft 1 miljon tittare per avsnitt och "Studio 65" avhandlar sexleksaker, träning, vindrickande och annat som förväntas intressera målgruppen. Vi som lever i den tredje och fjärde åldern har helt andra krav på livet än tidigare fossilerade och utslitna generationer.

Men. Känner alla igen sig? Att vara i god form och hyfsat alert betyder ju inte nödvändigtvis att meningen med återstoden av livet är att jaga upp en ny partner. Många får äntligen njuta av friheten efter en kvävande relation som slutat i en efterlängtad skilsmässa. Och för andra som haft lyckan att uppleva sitt livs kärlek kan minnena och känslan räcka livet ut.

"Kanske blir det en press att hålla uppe fasaden

när folk sällan ser så gamla ut som de är", funderar Christer Lindarw, nyligen 70 fyllda. För 70 är det nya 50! Uttrycket är säkert avsett att ingjuta mod i en skrynklig kropp. För vi har fortfarande mycket att ge och förvänta oss av livet. Men att samtidigt förneka tjugo år av livserfarenhet och fysiskt åldrande röjer vår skräck för att bli gamla och dö på riktigt. I ett samhälle där den främsta meriten är att vara ung och fräsch gäller det att förbli det. 80 är det nya 60! Var ska det sluta? Helst inte alls, och med den matematiken har vi snart avskaffat döden. Gud, så nice!

"Andra aktens" huvudperson Eva (Lena Olin) praktiserar i likhet med många medsystrar självuppoffring på gränsen till självutplåning. Hon har vårdat man, barn, krukväxter och hund och vanvårdat sig själv. Medan den manlige karaktären Harald (Rolf Lassgård) är som de flesta män i hans ålder, van att sätta sig själv främst och betraktar omgivningen som en serviceinrättning för de egna behoven. (Jag vet tjejer, konkurrensen om de få undantagen är tuff).

När Eva tröttnat på såväl den tafflige exmaken som den narcissistiske Harald hoppar hon på tåget till Toscana för att göra den resa hon alltid drömt om. Men såklart, där slutar filmen. Jag blir nyfiken på "Tredje akten". Vad händer på hennes inre resa, hur resonerar hon och vad tänker hon göra när hon kommer hem? Om hon nu kommer hem. Vore jag

Eva skulle jag ragga på en modern, livsbejakande italienare med egen vingård och öron känsliga för existentiella samtal. Fira att slippa uppfostra en machogubbe till självklarheter! Men om hon trots allt återvänder? Ringer hon då SVT och anmäler sig till "Hotell Romantik" på jakt efter en ny partner genom dagislekar och ballongdanser? Skulle inte tro det.

Vet ni, jag känner faktiskt människor som helt frivilligt lever ensamma och inte ser en ny relation, sex och samboskap som särskilt intressant eller önskvärt. Men visst, om man nu inte nöjer sig med vänner, hunden, barnbarn och golf, eller är ensam på riktigt. Måste man börja tindra då? Rolf Lassgård som hittat ny kärlek och flyttat till Sjöbo gjorde inte det. "Jag tänkte tvärtom och lät livet komma till mig", avslöjar han.

Precis så, stå still och se dig omkring. Även i Sjöbo finns allt du behöver.

13

Nostalgi tur och retur

Sedan vi flyttade till ett mindre hus är det något som saknas. Jo, större ytor förstås, men också något mer. Det har blivit så tyst. Ah, musik! Våra CD ligger fortfarande i förrådet. Vi hugger första bästa och snart smeker fadons drottning Amália Rodriques våra svultna öron.

Plötsligt är det 1974. Under en studieresa till nejlikerevolutionens Portugal drabbades jag av mitt livs dittills största passion. Medan jag ocensurerat delar med mig av mina amorösa äventyr verkar min man måttligt road, trots att det var långt före hans tid och livet ännu var en oplöjd åker. Ibland förstår jag inte varför jag sitter här och småhuttrar norr om Simrishamn när jag kunde bott i ett slott i Portugal och dansat till fado dagarna i ända.

Våra ögon möttes på en taverna uppe i Alfama. José hade allt: brains (nåja), looks and money (i alla fall). Han bodde i Cascais på vintern och i Sintra på sommaren, där han jagade fasaner och bälgade portvin från egna vinkällaren draperad i spindelväv.

En gyllene tupp sprätte runt fontänen i barockträd-gården. Naturligtvis var han inte marxist, som jag och mina kompisar, men vad gjorde det, det räckte med allt annat han var. När jag återvände hem hade jag en gnistrande diamant på fingret.

Plötsligt skriver José att han vill plugga medicin i Sverige och en frostig vinterdag står han på Lunds Central i sin hermelinbrämade slängkappa från Alen-tejo med jaktgeväret under armen. Folk stirrade och mina marxistkompisar hånskrattade och betraktade mig snart som en renegat, som Lenin skulle ha sagt. Följaktligen bjöds vi inte heller till de haschdimmiga orgierna på Nils Bjelkegatan dit polisen regelbundet larmades av ursinniga grannar.

Vad hjälpte det att vi drunknade i varandras ögon till tonerna av Amálias "Ai, Mouraria". När vi stre-tade till Konsum i den skånska snögloppen var det något som förtvinade. Säg den latinoromantik som överlever mötet med Landet Lagom Brunsås? Så det tog slut förstås. Eller?

För några år sedan reste vi till Lissabon, tog tåget till Cascais och bussen till Sintra. På ett café fick jag ett infall. Josés släktnamn är unikt och den unga ser-vitrisen kunde lätt spåra honom. Sommarboende med vinodling i Oporto, men annars i London, visade det sig. Med hög puls skrev jag ett mail. Vem var han nu? Kom han ihåg mig? Svaret kom snabbt och redogjorde utförligt för den egna, hustruns och svärföräldrarnas hälsostatus. Mest krämpor och elände. Mig frågade han ingenting. Bilderna visade en korpulent, skallig man på traktor i vinodlingen. Där dog det på riktigt.

Vad lockar oss att återvända till vår ungdoms platser? Är det för att kolla att vi inte missat något och att gamla skönmålningar är just det? Eller hoppas vi verkligen på en ny chans? Ibland ångrar jag tilltaget. Det var en så vacker saga och den skulle ha förblivit det.

"Nostalgin tar dig ingenstans", mästrar mig en vän och menar att retrotopier saboterar vårt fokus på framtiden. Äsch! Alla minnen, även de bitterljuva, hjälper mig att förstå vem jag var då, vilka val jag gjort och hur jag ser på världen idag. Varifrån skulle jag annars få energi till att fortsätta leva och drömma medan jag hamrar på framtidsbygget?

När den sista fadon klingar ut i vårkvällen har min egen man i soffan fått ett vackert litet skimmer över hjässan.

Märkligt.

14

Gammal och galen

Precis i detta nu kan glädjefnattet gjort mig galen och jag aldrig mer är att känna igen som den sansade och omdömesgilla person jag (ibland) är. Ja ni fattar säkert, till skillnad från mig, att jag alldeles snart (redan?) ska bli (är?) och till råga på allt för första gången – mormor!

Det är lite läskigt. Så länge jag inte blivit det, mormor alltså, har jag kunnat hålla fast vid illusionen att jag fortfarande är någorlunda ung. Alltså två generationer, mor och dotter, då kan man vara nästan hur ung som helst, men när ens barn blir förälder, då händer något. Exakt vad vet jag inte eftersom det ännu inte hänt och jag är mig lik. Men idag kan det ha hänt och jag blivit både galen och gammal i ett enda slag.

Eftersom jag fick barn relativt sent har jag varit omringad (så känns det) av vänner och kollegor som haft barnbarn länge, ja i decennier. Plötsligt översvämmades alla skärmsläckare med glada bebisar. När bokslutet närmade sig och jag bad ekonomichefen ta fram en excelfil över siffrorna, måste vi först gulla oss igenom ett helt album på "farmors lilla pussgurka 1, 2, 3 månader". Den annars så nyktra människan förvandlades till ett lallande solsken. Tillsammans med arbetskompisarna, som var i samma välsignade sits, terroriserades kafferasterna med lilla Johannas första tand och Emils röda blöjstjärt. Det vill säga helt normala saker i ett bebisliv, och inte som man kunde tro, förstagångshändelser i biologins historia. Måtte jag aldrig bli sådan, tänkte jag.

Ännu är livet som vanligt. Yngsta dottern och jag har samma positioner i familjen som vi hittills haft. Men ska man tro salig mamma, så kommer dessa snart att rubbas. När jag en gång anmärkte att hon inte verkade lika engagerad i mina barn som jag, sa hon "Men det förstår du väl, att du står mig närmare än dina barn"? Nej, det förstod jag inte och tyckte det lät hemskt.

Är det nu det händer, att ens någorlunda tolererade modersauktoritet upplöses en gång för alla? Det jag kommer ihåg av mina egna graviditeter, amning, såriga bröstvårtor och annat har förlorat i relevans. Nu finns mer tillförlitlig info i någon app typ "Hej bebis!". Så vad vet jag? När jag själv fick barn upphörde jag att vara ett och blev vuxen över en natt. När jag nu försöker förmedla lite empirisk kunskap, så som min egen stackars mor försökte, rynkas det misstroget på pannan. Egen erfarenhet? Nej, nej du får absolut inte lägga barnet på mage! Det ska ligga på rygg, annars inträder sudden death! Drygt 30 år senare får jag panik. Det är uppenbarligen ren slump att båda döttrarna överlevde min inkompetenta vård. Tyst tackar jag guds försyn.

Visst låter jag fortfarande ganska cool? Dottern har varit förvånad över att jag inte krävt att få vara med vid förlossningen och bestämma barnets namn. Om hon bara visste! I hemlighet drömmer jag om att barnafadern blir inkallad till Hemvärnet just då och att jag mellan värkarna kan fila på min långa namnlista. Men utåt ligger jag lågt, vilket har sin förklaring. När jag väntade storasyster kunde hennes pappa på sitt krassa läkarvis inte låta bli att dela med sig av obstetrikens alla kända och okända faror. Konsekvensen har blivit att jag känner mig som en skakad men ännu korkad champagneflaska. Snart smäller det!

En helt vanlig bebis. Ett mirakel. Fast med en galen mormor.

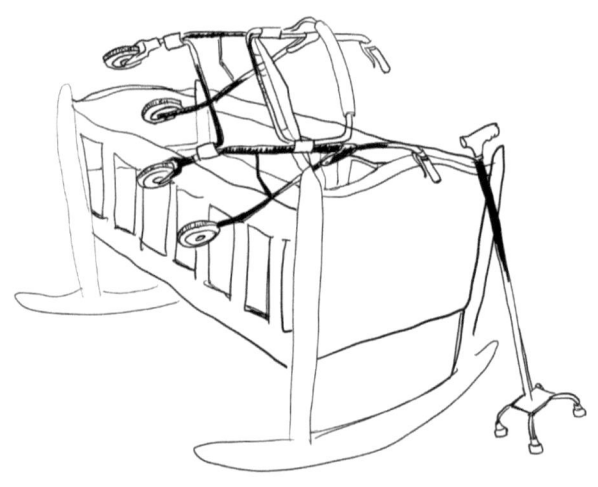

15

Efter Vab och Vaf kommer Vag

Jag har följt tragedin på nära håll i flera år. Störd nattsömn, kronisk stress och oro. Försummade väninnor, barn och barnbarn. En stulen timme ensam med en kopp kaffe på stan, fylld av skuldkänslor. Vård av barn (Vab), Vård av egna (och mannens!) gamla föräldrar (Vaf) och nu så här på upploppet kröns våra kvinnliga omsorgstalanger med Vård av gubbe. Vag kan förklaras med att kvinnor i min egen ålder som regel är yngre än sina män och därför i bättre skick både fysiskt och mentalt. I relationer med stor åldersskillnad kommer Vag förr än senare som ett brev på posten. Oj, vem tänkte på det för 40 år sedan, eller när man nu blev ett par?

Vi kvinnor som haft bra jobb och tjänat egna pengar hade nog föreställt oss att åldras i samma takt som våra partners och med bibehållen jämställdhet livet ut. Den tredje och fjärde åldern ska förgyllas med resor till Japan och vandringar i Dolomiterna med stavar, inte käpp. Lika självklart ingår vin och god mat i sorglösa vänners lag, tills vi helst samtidigt trillar kull i hjärtstopp med vinglaset i handen. Ingen utdragen och vårdkrävande ålderdom, tack!

Whoops, men det här hade vi inte planerat! Tills helt nyligen var mannen en spänstig, jämbördig livskamrat med samtliga förmågor intakta (jo, även den). Men plötsligt kom biologin i kapp med prostata, trasiga knän, hjärtflimmer och demens. Det sista är nog värst. Hur kul är det, kan man fråga sig. Det kan låta hjärtlöst, men missförstå mig inte. Självklart tar man hand om en älskad partner. Men dygnet runt, år ut och år in och till varje pris? Min pappa brukade säga "vi har bara ett liv och knappt det" och den svåra frågan blir då: när har jag rätt till mitt eget liv? Har jag ens det?

Eva kunde inte gå hemifrån mer än en kort stund för att inte riskera att Lasse förtvivlad irrade runt i byn efter henne. Mer än en gång slog grannarna larm. Till slut fick hon låsa in honom för att ta sig de 200 metrarna till närbutiken. När Lasse gick bort var det en stor lättnad. Och en ännu större sorg.

Omsorgen om en åldrande partner skapar ett ensidigt beroende ingen vill ha eller bett om. Belastningen leder till stress och irritation, ja rent av elakhet fast man egentligen bara är trött och frustrerad. Många kvinnor känner skuld livet ut.

Vag kräver passning 24/7 och är inte så lätt att delegera. Barnen, egna eller särkull, bor sällan nästgårds och har svårt att rycka in med kort varsel när mamma behöver avlastning. Ibland vill de bara inte och skyller på egna barn och krävande jobb. Säkert får de ångest av att se pappa allt mer hjälplös och påminner om deras egen förgänglighet. Har man därtill haft en dålig kontakt blir den ju inte mindre konfliktfylld när mor och far blir gamla och behöver hjälp.

Min generations män tar nog för givet att kvinnan offrar sig in i döden och eftersom hon är uppfostrad i samma värld är pliktkänslan väl utvecklad. Vad göra? En klok väninna föreslår Vam, Vård av mig. Ja, tänk om vi då och då kunde anlita hemtjänst och kort-tidsboende utan dåligt samvete. Inte behöva avstå från resan med de alerta väninnorna eller jympan en timme i veckan för att orka när den käre gubben för femtielfte natten i rad måste upp och kissa, men har glömt hur man gör.

Helt rätt: Vag kan även betyda Vård av gumma.

70

16

Snurra min jord

Det fanns en tid då världen och jag dansade i takt. Vi delade ögon och öron och fångade snabbt upp varandra om rytmen rubbades. Vi var ett vackert par och helt up to date, som vi sa då.

Jag försöker komma ihåg när det där ändrades. När jag blev varse att klotet virvlar runt helt på eget bevåg och dessutom i en hastighet vi inte alls kommit överens om. Nu skriks nyheterna in i mina öron i en osorterad massa och verkar dessutom redan gamla. Svikare världen, hur kunde du?

En chef jag hade en gång, hon hette Birgitta, hade för vana att recensera samtida företeelser som inte bara förfärliga utan även obegripliga. "På min tid" (hon var inte ens 50!) kunde hon inleda fikarasten och då visste vi att nu kommer barnuppfostran, politik, klädmode, konsten ja, i princip allt att dra det kortaste strået i jämförelse med den goda tiden, det vill säga när hon själv var ung, eller i alla fall yngre. Paradoxalt nog var hon väl informerad om vad som rörde sig i omvärlden, som bibliotekarier ofta är. Det var även Sven, en annan chef, men han drog helt andra slutsatser och förfärades aldrig över samtidens upptåg, snarare tvärtom. "Ingenting börjar på noll", var hans mantra, och hävdade att det krävs historiska kunskaper för att förstå nuets skenbara kaos.

Min egen spaning är att världen och jag tappade greppet om varandra precis innan jag gick i pension och en ny generation växlade in. Mina 40- och 50-tals kamrater ersattes en efter en av yngre karriärrusiga kollegor som artikulerade långsamt och övertydligt när de försökte övertyga mig om att förvaltningen måste synas på sociala medier. Syns man inte så finns man inte, påstod de. Verkligen? brukade jag replikera och tillade syrligt Cogito, ergo sum, väl medveten om att ingen mer än jag på kontoret var latinare.

Det fungerade ett tag. När mina nya medarbetare föreslog att vi skulle söka statliga projektbidrag för att minska den digitala klyftan i samhället, visste jag att det var mig de tänkte på. Det var jag som var referensexemplet i ansökan. Skämten om Jurassic park haglade och jag stod bredvid och skrattade med, men snart alltmer ihåligt. Plötsligt började min omvärld befolkas av ansikten och operativsystem jag aldrig hört talas om.

Det sägs att varje ny generation är lite smartare än den föregående. Verkligen? Däremot är jag för gammal för att lära nytt. Så där kan jag säga när jag inte har lust, eller är för lat och det alltid är enklare att fråga döttrarna. Som i sin tur brukar hävda att det finns ett rakt samband mellan min attityd och världens utveckling.

Min äldsta fick nyligen panik vid åsynen av mitt belamrade datorskrivbord och exporterade raskt upp samtliga dokument till "molnet". Det tog en stund innan jag fattade, men sedan insåg jag fördelarna; då är det i alla fall ordning och reda när jag själv anländer dit en dag.

På slutet kände inte mamma igen sig i världen. När Arne Weise ersattes med en yngre förmåga som julaftonsvärd rämnade hennes sista bastion runt det välbekanta. Det är numera min egen referens och jag är så tacksam över att jag fortfarande kände igen Babben i julas.

Nu har även astronomerna upptäckt att jorden roterar allt snabbare. Och inte bara det, den snurrar dessutom åt fel håll.

Som Birgitta skulle ha sagt.

17

Konsten att koka soppa på en spik och en skvätt crème fraiche

Han går snabbt och nonchalant och när han snubblar faller hälften av jordgubbarna ur kartongen. Jag är redan nere i asfalten för att hjälpa honom rädda det röda guldet. Det var strax före midsommar och snittpriset låg runt 70 kr litern. Halvvägs upp inser jag att han inte bryr sig, han har redan passerat mig utan en blick. Gatan var skinande utan en hundlort i sikte. Bacillskräck, hinner jag tänka, som alla andra i hans generation.

Vad är det med unga människor och mat? Den är inget värd och kan ratas på inga grunder alls. Datummärkningen bäst före uppfattas som en dödskalle i blinkande neon. Överträdelse medför en snabb och kvalfull död och för att vara på den säkra sidan slängs mjölken redan några dygn före bäst före.

Stackars mamma skulle wobbla i sin grav. Förutom att hon var snål som en varg (mot sig själv) var mat nästintill helig. Hon upprördes över en halväten pizza kvar i kartongen i soptunnan på gården eller i papperskorgen på gatan. Visserligen brås jag på mor, men jag skulle inte gå så långt som att fiska upp den, ta med den hem, skära bort den tuggade kanten och äta resten. Men jag förstår henne, uppvuxen under kriget (andra världskriget för yngre läsare) fattigt och ransonerat som det var. Som barn fick hon en rungande örfil när hon råkade bre smör på knäckebrödets gropiga ovansida. Ett sådant frosseri måste stävjas i tid! Och man slänger inte, man skrapar bort möglet så gott det går. Å andra sidan; vid en kris skulle mor ha varit en av få överlevare medan resten av mänskligheten skulle gå under i väntan på matbudet som aldrig kommer.

Nöden sägs vara uppfinningarnas mor och en viss kreativitet har jag ärvt, utan att för den skull vara i nöd. Ur ett tomt kylskåp kan jag snabbt trolla ihop något ätbart på ett deppigt kålhuvud, en blommande lök och några rynkiga tomater. En nypa curry eller en klick crème fraiche kan göra susen. Ungdomarna stirrar blint tillbaka och ringer efter pizza. För att sedan slänga hälften om - ja, oklart varför.

Det finns något djupt tillfredsställande i att äta rester. Känslan av att inget förgås, jag sparar några hundringar och behöver inte åka bil in till Simrishamn idag heller. Döttrarna kallar mig sjukt snål, min sambo säger diplomatiskt "sparsam", men jag vet att han menar samma sak. Fast nu är jag äntligen rätt i tiden! För "di som är sist när di ränner är först när di vänner", på ren skånska. Idag är det både hållbart och trendigt att laga mat på kasserade livsmedel och fallfrukt blir till plommonchutney och äppelmos. Inte för jag bryr mig om att vara politiskt korrekt, men lite härligt är det ändå att få sin extrema njugghet upphöjd till ett djupt miljömedvetande.

Detsamma gäller kläder som jag numera helst handlar på Stadsmissionen och Myrorna. Roligast är dock att överta döttrarnas avlagda paltor. Det tyckte även mamma, som såg riktigt cool ut där hon strosade runt på Limhamn i barnbarnets svarta t-shirts med texten "Fuck the Police" på bröstet. Tror vi båda kände en dragning till klosterlivet, den euforiska känslan av försakelse. Lite närmare Gud på något vis.

Vad hände med jordgubbarna? Yep, de smakade utmärkt på filen särskilt som de säkert var värda minst 40 kr. Jag gottade mig hela kvällen.

"Duktig flicka", viskade mamma.

18

Better safe than sorry

Frågan flyter då och då upp ur själens djuphav. Men oftast sover den som en liten bebis man inte vill väcka. När den inte skapar ångest känns den bara pretentiös. Mycket sällan spännande.

"Lilla gumman, varför stiger du upp varje morgon? Varför lever du?" Det där japanerna kallar ikigai. Ja, varför ligger jag inte bara kvar i sängen? Visserligen måste jag kissa både mig själv och hunden och suget efter morgondoppet och kaffet är svårartat. Men när det väl är gjort skulle jag ju kunna gå och lägga mig igen och ruttna bort tills sambon tvingas städa undan liket. Men det gör jag ju inte, ligger kvar alltså, utan irrar runt som en amfetamin-dopad vessla dagarna i ända utan att våga fråga mig om det jag gör är meningsfullt eller ens kul.

Min chef brukade också fråga så, när det var dags för utvecklingssamtal: "Chris, varför kliver du ur sängen varje morgon, vad driver dig?" Det för-väntade svaret var naturligtvis "för att förverkliga

Region Skånes politiska handlingsprogram", som den nyttiga idiot man var. Det var absolut en del av sanningen, den andra var väl att ta hand om barnen. Och ensamma mamma. Så mycket tid till existentiell fluff fanns inte då.

"Den som vet varför han lever kan utstå nästan vad som helst", lär Nietzsche ha sagt. Det kan förklara varför jag inte står ut med särskilt mycket. Det behövs bara att hunden kräks på mattan eller att torsken blir överstekt för att världen ska kollapsa en stund. För att inte tala om den trasiga tanden som kostar en miljon att laga. Det är futtigt, jag vet.

"Mamma, du är alldeles för bra på att odla din bekvämlighet inne i komfortzonen", retar mig äldsta dottern. Det är ute på 15 famnar det händer, hävdar hon. "Du måste släppa kontrollen och riskera något, så du känner att du lever". Och så tryckte hon på mig integralhjälmen innan vi tog en tur på hennes Ducati samma dag hon klarat uppkörningen för tung mc. Jo tack, i 120 km på motorvägen riskerade jag något, livet till exempel. Kände mig närmare döden än något annat. Fast lite häftigt var det ju!

De gamla på Okinawa, i en av världens s k blå zoner, lever långa och harmoniska liv. De äter sunt och varierat men slutar innan de blir helt mätta och dricker baljor med grönt te. Många bökar i sina trädgårdar, odlar sötpotatis och äter sjögräs. De hjälper varandra och de tror på något. Något som bär och ger livet mening. Enligt ikigai ska man också lära sig nya saker och förbli nyfiken. Det är en del av hemligheten med att vara till freds, ja rentav lycklig. Men det är inte så lätt för någon som alltid inte bara äter sig proppmätt utan gärna tar om, liksom stundtals sveper ett glas vin eller två. Jag avskyr trädgårdsarbete och skulle inte komma på tanken att börja odla grönsaker (möjligtvis persilja). Lära nya saker som min väninna som pluggar franska och en annan som börjat måla akvarell är jag för obegåvad och lat för. Och så någon som ska disputera vid 75!

Jag försvarar mig med att man kan göra en inre resa, oklart vad det innebär mer än att jag kan fortsätta vegetera inne i den gosiga komfortbubblan och odla förnumstigheter om det existentiella utan att bli utmanad.

Men, vänta bara! En dag ska jag kravla mig ut och göra något som kommer att slå världen med häpnad.

Tyvärr, blir det inte idag heller eftersom jag har ont i tanden.

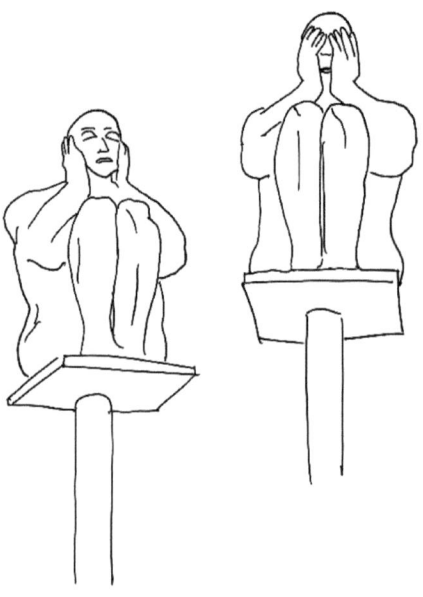

19

Skilda världar?

Det är fredagskväll och Rapport pumpar ut bilderna från Gaza. Det gör ont. Jag blundar bitvis som vore det en skräckfilm. Strax därpå kommer jingeln till På spåret. Hur är det möjligt att jag efter bara några minuter sitter koncentrerad och tävlar om svaren på vart är vi på väg?

Sedan en tid pågår en debatt om hur tidningarna kan upplåta spaltutrymme till så banala ting som en oregerlig trädgård, kampen för att bli gravid eller hur den perfekta frukosten ska komponeras. Detta när krigen rasar i Ukraina och Gaza, Trump snart kan vara tillbaka som president och Kina mullrar om att invadera Taiwan! Lägg därtill vårt existentiella gränsvillkor – klimatkrisen. Ja, "Varför måla ugglor när världen brinner?" för att citera en aktuell boktitel på samma tema.

Den privata världens bekymmer anses i princip otillständiga när vi nu står inför Armageddon. Låt oss i stället ägna oss åt reportage och analyser som rör den offentliga (läs: viktigaste) världen såsom Ryssland, Mellanöstern, SD, klimatet, Kina, gängbrottsligheten, inflationen och Nato. Då skulle vi bli både smartare och mer kapabla att hantera samtidens alla utmaningar, tycks kritikerna mena.

Men finns det verkligen en liten och privat värld som är skild från den stora där ute? Själv tänker jag mig verkligheten mer som en infinity pool med flytande barriärer. Eller ännu hellre, kommunicerande kärl. Livet med barn, hundar, vänner, konstresor, fest och glädje perforeras ständigt utifrån och omvänt har det individuella livsvalet alltid en politisk dimension. "Det privata är politiskt" som vi sa när jag var ung medlem i Grupp 8 på 70-talet.

Antingen hävdar man att var och ens lilla liv och tankar angår ingen mer än en själv eller, som en klok filosof, att varje människa bär hela mänskligheten inom sig. Ansluter man sig till det senare så blir all mänsklig erfarenhet i någon mån universell och angår oss alla. Hur futtig den än kan tyckas. Berättelserna om våra egna liv handlar ju i grund och botten om vad det innebär att leva som människa på den här jorden.

Är det inte snarare vår tafatthet och det lite genanta i att tala om det existentiella som skapar vilsenhet och oförlöst längtan efter tillhörighet, något att tro på, en ledstång i livet? Det som inte minst så många unga människor söker. Om vi inte kan tala och skriva om vår längtan efter att träffa någon, irritationen över svärmors goda råd, celluliterna på tjocklåren, bästa vännens svek och ångesten inför döden, vad har vi då för liv? Har vi ens något vi kan dela med varandra? Och är det inte här, i den så kallade lilla världen, vi odlar vår medmänsklighet, värnar toleransen mot det avvikande och tron på att den stora världen kan bli bättre med gemensamma krafter? Om det inte är här vi hittar lust och mening att vilja leva och tro på morgondagen, var är det då?

Det hjälper inte att jag försöker intala mig själv att jag utan dåligt samvete kan se På spåret. Att det till och med skulle vara en slags motståndshandling att insistera på normalitet i protest mot den onormala världen utanför. Senare under natten drömmer jag ändå om Gaza.

Den här världen rymmer inga gömställen.

20

Minervas uggla flyger först i skymningen

Visst är det ett kittlande uttryck? Det tillskrivs Hegel och anspelar på filosofins oförmåga att tolka nuet. Händelser och skeenden blir till mönster som bara kan uppfattas och förstås i efterhand. Så här på årets sista dag framstår 2022 som ännu ett annus horribilis, i gott sällskap med de föregående två. Nyordet "permakris" beskriver seriekatastroferna: pandemi, krig, inflation, energikris, klimatkris. Och så vinterkräksjuka ovanpå det. Ja, det är muntert värre.

Men om vi zoomar ut så upptäcker vi att någonstans på klotet pågår alltid konflikter och ett och annat krig, sjukdomar och död. I de enklaste samhällen slåss män om kvinnor, spjut och territorier, om makt helt enkelt. Gruppers föreställningar om världen krockar, "den andre" har i princip alltid fel. Lär vi oss aldrig? Nej, om det verkar experterna överens. Historien upprepar sig inte, den ger bara ekon. Är det därför vi inte ser vad som komma kan?

Själv tror jag att vi människor är obotliga optimister av biologi och ohejdad vana. I vårt dna ingår att blunda och tralla vidare för att hoppas slippa det helvete vi kanske anar. Allting kan alltid bli värre. Men sen blir det bättre. Det slår mig, att i goda tider lever vi i våra egna bubblor upptagna med att förverkliga oss själva, men i de dåliga söker vi varandra för att värma oss och tända ljus i mörkret. Det är då vi skapar kollektiva minnen som ger oss styrka och boostar vårt sociala kapital. Det har vi alltid nytta av.

För det finns hopp! Låt oss noga registrera, tala om och stödja allt det positiva som trots allt sker. Bara så skapar vi en antidot mot samtidens gift. Mest imponerad är jag av de unga kvinnorna i Iran som vågar sina liv i kampen mot mullorna och det ukrainska folkets frihetskamp. Men även oppositionen i Ryssland inger hopp (alla ryssar är ju inte manipulerade monster) och äntligen har Brasilien valt en ledare som förstår att vi inte kan andas utan jordens lungor. Jag hade nästan gett upp hoppet om USA, men det finns tack och lov anständiga republikaner som inser att Trump och högernationalismen är en fara för demokratin. Go for it!

Hemmavid är en arthotad noshörningsunge född, inte i Bethlehem men väl i Borås, Sir Väs slingrande äventyr höll oss klarvakna under hans fem dagar av global fame, Max IV i Lund kan kanske ersätta plast med trä, och det finns tillräckligt med läkare och sjuksköterskor som kan ta hand om oss, bara de slipper den tidsödande byråkratin. Inom familjen har Melvin, en bedårande taxvalp, gjort entré och hans lustiga personlighet lockar fram det bästa hos oss alla.

Nu flexar Minervas uggla vingarna, redo att lyfta. Hon har till synes sovande, med ett öga öppet i taget, punktmarkerat var bytena gömmer sig. Även jag gör mig redo. Nu har jag samlat de fångster jag vill ta med mig in i det ännu oskrivna 2023: tron på att vi är intelligenta varelser som vinner på att samarbeta, att vi alla dar i veckan måste kämpa för demokrati även om det är det sämsta av statsskick, bortsett från alla de andra (Churchill). Livet är heligt och vi är skyldiga att vörda det. Medmänsklighet är mänsklighetens signum. Och, som Greta säger, "det kommer aldrig att vara för sent att rädda så mycket vi bara kan". Och jag säger, vi kommer även denna sommar att äta jordgubbar, skratta och förundras över livet.

Jag önskar er alla ett bättre nytt år. Det får vara gott nog.

Nu flyger vi!

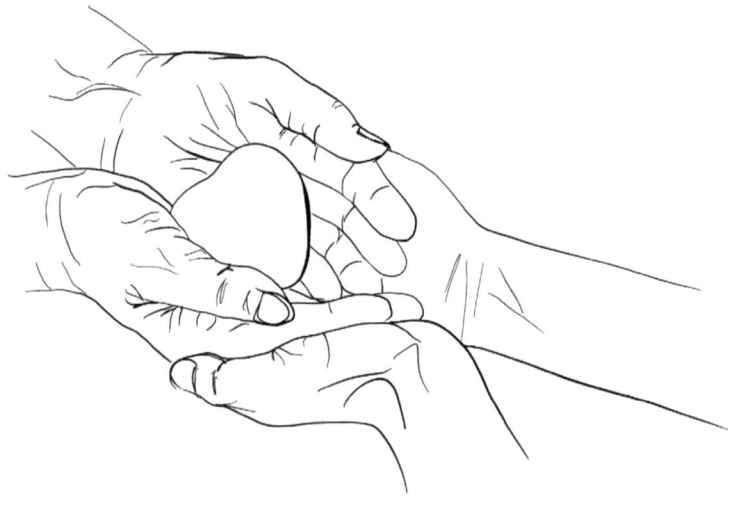

21

Mamma, var inte rädd

Jag har naturligtvis aldrig sagt det till dig, men det har funnits stunder när jag önskade att du skulle dö. När du provocerade mig med ditt martyrskap och ditt skuldbeläggande över allt du fått utstå, ditt lidande. Du projicerade din ångest på oss alla i din närhet. När du bad mina små barn hjälpa dig att dö, då gick du över en gräns. Gjorde du det medvetet? Eller drevs du av en okontrollerad förtvivlan, sargad som du var av henne som förvägrade dig beröring och en självklar plats i världen? Inte ens mjölken hennes kropp producerat ville hon låta dig dricka.

Jag har försökt förstå det du berättade, den tid du växte upp i, hur det som hände kunde hända. Men när jag på allvar började intressera mig för din livshistoria, när jag insåg att den förgiftade mitt eget liv, var du för gammal för att minnas. Du upprepade bara det du sagt tidigare, utan detaljer och samman-hang. Kanske hade du så länge undertryckt smärtan och valt att lägga en barmhärtig glömska som balsam över såren? Det jag hoppades få svar på förblev bara stympade, lösryckta anekdoter.

Din dramatiska persona frestade dig att fabricera historier om ditt eget liv och du fick precis det du behövde, uppmärksamhet och medlidande. Du trollband oss med blodfulla epistlar om din barndom, de lät som sagor i våra öron, fast vi förstod ändå att det mesta var sant. Numera tror jag att ovissheten och tomheten blev till ett sugande hål, ett undertryck som strävade efter att utjämnas för att inte implodera.

Häromnatten, när jag som vanligt vaknade i vargens timma, slog det mig att jag inte längre översköljdes av den där starka känslan av olust, som jag tror man kallar ångest. Du vet, hjärtat rusar, det tjocknar i halsen och bultar i öronen. Du om någon vet ju hur det känns. Demonerna, käftarna som tuggar ditt kött. Ångest kommer ju någonstans ifrån och står väl för någonting, eller hur? I väninnekretsen brukar vi fråga oss om ångesten ligger i vårt DNA, såsom Pär Lagerkvist hävdar är människans arvedel, eller om den skapas av särskilda trauman under våra tidiga år. Vi brukar luta åt det senare och jag använder ofta dig som exempel.

Det jag skulle säga är, att demonerna verkar ha gett sig av. Försvann de med dig? Tog du dem med dig i graven? Betyder det i så fall att jag kan leva mitt liv vidare utan dig som ett brännmärke i mitt kött, som en svulst i min hjärna? Förlåt, det låter hårt. Men du är den människa som präglat mig djupast och bundit mig hårdast. Kommer det fortsatt att vara så, även nu när du är död? Fast innerst inne vet jag ju svaret; du kommer för alltid att vara en del av mig. Hur skulle det kunna vara annorlunda?

I mitt tidigaste minne av dig är du och pappa i ert sovrum. Det var säkert en söndagsmorgon. Pappa ville kela och grabbade lekfullt tag i dig. Fast jag var så liten uppfattade jag det koketta i ditt motstånd, det gäckande, det manipulativa. Fortfarande kan jag tydligt se den ljusblå tapeten med vita magnolior på väggen bakom sänggaveln. Tapeten var säkert ditt val, du var stilsäker och satte din prägel på vårt hem. Steinwayflygeln var en blank och vacker statusmarkör som gjorde sig bra mot den glasade väggen ut mot trädgården. När pappa på söndagseftermiddagen tog ut Tjajkovskijs första pianokonsert på gehör, du lagade slottsstek på köksbänken i virrvarrmönster och vår tax sov i sin koja i botten på skafferiet, då var livet gott. Vi syskon lekte i mitt flickrum på övervåningen. Ljusblå tapeter även där, med bollfransar på de vita gardinerna, som du sytt. 50-talets goda design prydde vår gula tegelvilla och vi hade även bil, båt och sommarstuga. Och, som de första i kvarteret, teve. Ni var strävsamma representanter för er generation och uppfyllda av att leva den materiella drömmen efter krigets ransoneringar och

knappa villkor. Framtiden skapade ni i en ljus opti-
mism om att saker och ett vackert hem även skapar
lycka. Det verkade inte vara svårare än så. Ni var
ett stiligt par, beundrade, kanske också avundade.

Men du var inte lycklig. Vi kunde känna din rast-
lösa längtan efter något, för oss okänt, som drev dig
ut i allt vidare cirklar. Grannarna tisslade och pappa
och jag skämdes. Pappa kallade honom tattare,
kanske hade han romska rötter, min ridlärare och
pappas gamle skolkamrat. Jag kunde lukta hans råa,
mörka manlighet och anade under ytan en eld som
kunde förtära. Du i hemsydd klänning med djupt
skuren rygg och gula rosor på tyget, förstulna kyssar
i stallet, när ni trodde att jag inte såg. Men när han
försökte tämja en vildsint häst med en hammare,
kräktes jag och du drog mig därifrån. Inte någon i
släkten tog ditt parti. Hur kunde du? Du hade ju allt
man kunde önska sig.

Innan ni skilde er och allt gick sönder, firade vi
jularna hemma hos dina fosterföräldrar och deras
döttrar med män och barn. Den trånga lägenheten
med bomull mellan de dragiga fönsterglasen, luktade
av kryddnejlika, lutfisk och piptobak. Din fostermor
lagade all julmat själv, hon hade stoppat korvarna,
trillat köttbullarna och pressat syltan, kallskänka
som hon var. Din fosterfar, som var sjukvårdare
inom flottan men även kyrkvaktmästare, blev yvig
och brusig efter några snapsar. Hon somnade innan

kaffet, utmattad av all matlagning och sin sneda höft som gjorde henne låghalt. Ovanför utdragssoffan i vardagsrummet hängde vanligtvis en pappersbonad med två kattungar som fixerade en guldfisk i en rund vattenskål. Till julen var bonaden utbytt mot en som föreställde ekorrar på en snöpudrad grankvist och till påsk Elsa Beskows ulliga lamm i en hage.

I det hemmet, på det stora salsbordet, föddes du påskaftonen 1927. Din mor hade snört sig hårt för att dölja sin gravida kropp och lämnade dig efter bara ett par dygn. Du växte upp med två systrar och ni bodde fem personer i två rum och kök med dass på gården. En dag uppenbarade sig en elegant dam i stor hatt och långa, vita glacéhandskar. Hon tittade ner på dig och tryckte ett mynt i din hand. Sannolikt var hon där för att betala för ditt uppehälle. Vad kostade ett barn på den tiden, i slutet av 1920-talet? Detta säger du vara ditt första minne av din mor. Du säger dig också komma ihåg att din fostermor neg för den främmande kvinnan.

Senare, som tonåring under kriget, reagerade du på att ditt efternamn inte stämde på de ransoneringskort som Statens livsmedelskommission delade ut. Ditt namn var ett annat än fosterfamiljens. Det var så du fick veta att du inte var deras egen dotter. Kanske var din fosterfar full vid tillfället och kastade det i ansiktet på dig? Han var periodare, våldsam och elak när han druckit. Var det då dina rottrådar lossnade för att aldrig mera hitta tillbaka till jorden och du började bära runt på en sten i din ficka, precis som Maria Wine som du senare läste och sökte tröst hos? En sten är inte förgänglig som blommor, som du för övrigt aldrig tyckt om. Man behöver bara sticka ner handen i fickan för att känna dess evighet.

Långt senare när vi rensade i dina skåp och lådor, hittade vi ett foto på ett flickebarn, kanske ett halvt år, som sitter i knäet på en kvinna, din fostermor. Bredvid står din fosterfar och dina systrar med pannlugg och rosetter i håret. Med öppen mun och vidöppna ögon tittar du rakt in i kameran. Vi grät, överrumplade av det lilla barnets utsatthet.

En scen: ett större gille på den skånska landsbygden någon gång i juli 1926. Kristallkronor, nymanglade damastdukar, festklädda män och kvinnor som dansar. Damernas dekolleterade hud glänser och ångar parfym, kanske av Chanel No 5, som var ny då. I ett mörkt rum intill den stora salen, ett ögonblick av häftig åtrå. Den unge studenten, med de nästan svarta ögonen, låter sig förföras av den betydligt äldre kvinnan. För det kan väl inte vara tvärtom? Eller utan samtycke, hemska tanke? Nej, det måste vara hon som väljer ut honom för en stunds lek med självförtroendet hos den som är oberoende, vacker, åtrådd. Jag kan inte låta bli att fantisera om detta enda möte dem emellan.

Men konsekvenserna hade hon inte räknat med.

Kan man förresten klandra dem i en tid av ineffektiva preventivmedel? Hon försökte göra sig av med dig med hjälp av heta bad och en strumpsticka, kan man förmoda. Så har det sagts, i alla fall det där med baden. Du ingick inte i hennes planer och dessutom var det en skam att föda barn utom äktenskapet. Kanske hotade hennes familj med att förskjuta henne och göra henne arvlös? De fick nog aldrig veta att du fanns. Hon kom ju från en så kallat fin familj, hur fin vet jag inte. Föräldrarna hade i alla fall kostat på henne en utbildning vid Alnarp och med tiden blev hon föreståndare på mejerier runt om i Skåne och Blekinge. Som den första kvinnan i landet, har jag hört. När jag tömde din källare innan du dog, hittade jag kartonger fyllda med silverkannor och -brickor med hennes namn ingraverat. "Pris för bästa smör" kunde det stå och så årtal och mejeriföreningens namn. Man får bilden av en kvinna som levde för sitt arbete.

Kan man över huvud taget förstå henne, att hon valde sig själv före dig? Ja, brukade jag hävda, därför att hon uppenbarligen inte var beredd att betala det sociala pris där du skulle stämpla henne som lösaktig, beröva henne familj, vänner och respekt. Men, kontrade du upprörd, det fanns ju i hennes samtid lika välutbildade och självständiga kvinnor som, trots att de var ogifta, valde att behålla sina "oäkta" barn. Hur kan för övrigt ett barn vara "oäkta"? Okej, då var hon väl ett psykopatiskt monster, oförmögen till moderskänslor. Våra samtal slutade ofta i att hon säkert skulle ha blivit en livsfarlig mor som du lika gärna kunde vara utan. Du hatade henne i hela ditt liv med en intensitet som skrämde mig. Nej, det finns ingen förlåtelse att få när man överger sitt barn och skadar det för livet.

Du var 14 år när du träffade pappa. Så olik dig själv. Han var 21, en trygg, blond bagarson med tre syskon från en ö i skärgården. Din såriga längtan efter din mor slet på er relation och efter att ni gift er sju år senare hoppades han få till en försoning, kunna lirka fram en slags normalitet mellan mor och dotter. Det föll inte väl ut. Sannolikt var din mor oförberedd, hon reagerade häftigt och avvisade all fortsatt kontakt. Trots detta upprepade ni försöket, men med samma resultat och till slut ville du inte mer. Varje gång jag tänker mig in i den situationen svider det. Hur kan man göra så? En kvinna och mor.

Sommaren efter gymnasiet sniglade sig fram. I september skulle jag resa till USA på ett fint universitetsstipendium. Jag hade ett gott självförtroende efter att ha fått höga betyg från skolan i Lund och därtill skulle jag ensam ut och upptäcka världen. En tanke slog mig. Varför inte försöka med det ingen annan lyckats med, det fick bära eller brista. Men jag drevs även av en pirrig nyfikenhet. Vem var hon, kvinnan som du berättat så mycket om men ändå inte kände? Min förhoppning var att hon skulle vekna vid åsynen av sitt barnbarn, öppna famnen och bli en riktig mormor. Med hjälp av telefonkatalogen fick jag fram att hon bodde i en liten ort i norra Skåne. På samma adress fanns en man med annat efternamn registrerad. Jag lånade din Saab och körde dit på vinst och förlust. Fjärilarna i magen ville aldrig sluta fladdra.

En bit in i den lummiga trädgården upptäcker jag en kvinna med solhatt sittande i en vitmålad trädgårdsstol. Hon röker en cigarill, Bellman Siesta ska det visa sig. En liten svart hund kommer skällande emot mig. Jag går rakt på sak, eftersom något säger mig att hon inte gillar krusiduller och omskrivningar. Hennes förvåning övergår i tyglad nyfikenhet. Vänlighet är för mycket sagt. Järngrått hår, vaksamma ögon. Efter ett tag blottas en kärv humor och vi skrattar till, men en kvinna att frukta, tänker jag samtidigt. Hennes servile gårdskarl, de har uppenbarligen ingen relation, får order om att koka kaffe och den lille hunden ligger åter vid hennes fötter. Mannen behandlar hon som ett tjänstehjon och viftas bort så snart kaffet är upphällt. Hon förhör sig om mina studier, om stipendiet och mina framtidsplaner. Hennes stämma är mörk och korthuggen. Livet går ut på att utbilda sig och arbeta, säger hon. Djur, särskilt hästar och hundar, är de enda varel-

99

ser man kan lita på, inte människor och särskilt inte män. Vid något tillfälle vinklar hon huvudet samtidigt som hon stryker med handen över pannan. Jag hajar till. Precis så som du gjort så länge jag minns. Kan man ärva en sådan gest utan att ha levt tillsammans?

Om dig mamma ville hon inte prata. Jag kände laddningen och släppte ämnet. Hon ville inte heller tala om sig själv, fast jag försökte smyga in några frågor då och då. Jag visste lika lite om hennes liv när jag åkte som när jag kom.

Jag vet inte hur länge jag stannade, tiden stod still. Innan jag bröt upp bad hon mig följa med in i huset. Under sängen förvarade hon ett låst plåtskrin. Jag skymtade tjocka, rullade sedelbuntar med gummisnodd och hon räckte mig tre tusenlappar, på den tiden stora som servetter. Mina protester viftade hon bort som någon som är van vid att bli åtlydd. När vi tog farväl, jag tror vi tog i hand, vände hon bort huvudet, men jag hann se blänket i hennes ögon.

I perioder, ja i nästan hela mitt liv har jag iklätt mig rollen som din mamma, även när jag själv bara var ett barn. Det låter märkligt och är naturligtvis inte helt sant, utan speglar det lilla barnets egocentriska uppfattning av en verklighet med förvridna proportioner och som inte kan greppas med förnuftet. Din utsatthet, ditt desperata sökande efter någonting, som jag inte kunde definiera, dina försök att ta

100

ditt liv, uppfattade jag bara delvis men ändå så starkt att jag tog det som mitt självklara ansvar att skydda dig. Vem skulle annars?

Uppbrott, lugn, bara du och jag. Kunde det inte förblivit så? Nej, nya försök, nya relationer, mer eller mindre stabila, mer eller mindre långvariga. Sällan långa. Vi kämpade sida vid sida mot skadade, udda ibland brutala män som du valde att gifta dig med. En regnig höstkväll urartade ert gräl och jag slog mig fram till telefonen. Två polismän och en schäferhund står plötsligt i tamburen och lukten av våt hundpäls är frän i näsan. Min ena arm är stukad, men inte bruten. Minnet klistrar sig fast. Det kan låta absurt, men plötsligt slogs vi av det komiska i situationen och började fnissa nervöst, överspänt. Rädslan slog över i en ny energi som gjorde oss osårbara. Mannen blev förvirrad och hamnade i underläge. Paus, stillestånd, medan vi mobiliserade inför nästa drabbning. Vi barrikaderade oss i mitt rum med stolar och byrå framför dörren. Nästa morgon smakade min O'boychoklad salt och jag förstod att hans sadism tagit sig till en ny nivå.

På äldre dar har jag lärt mig en del om mäns våld mot kvinnor och vet att den så kallade normaliseringsprocessen fungerar. Under långvarigt psykiskt förtryck börjar man tvivla på sig själv, kanske förtjänar jag, vi, detta? Det är honom det är synd om, han som suttit i ryskt arbetsläger i Ungern. Du bar solglasögon mitt i vintern och skyllde på att du i mörkret gått in i badrumsdörren. En klassiker, som jag stött på senare. Skam och skuld och inte be om hjälp. Men vi var tuffa du och jag, det var något särskilt med oss. Jag fanns alltid vid din sida, som en lillgammal och livrädd Sancho Panza, tillika provokatör och vapendragare. Inte sällan skötte jag förhandlingarna, gjorde upp om villkoren vid skilsmässorna och bar fram meddelanden i båda riktningarna. "Hälsa din mamma att hon får den stora oljemålningen från Bohuslän om jag får de två Bokharamattorna". "Okej, men hon vill ha silverkannan av Olle Ohlsson också".

Så där höll det på tills du skilde dig för sista gången efter ett förutsägbart kort och stormigt äktenskap. Du fortsatte att pendla mellan manisk upprymdhet och tungsinne. Ditt behov av bekräftelse mattades av med tiden, men försvann aldrig helt. Under många år led vi av ditt skuldbeläggande, ditt behov av att vara i centrum, dina teatrala scener. Det tröttsamma martyrskapet. Jag har förstått att detta företrädesvis är ett kvinnligt drag, inte manligt. Beror det på kvinnors underordning, förträngda drömmar och kvävda ambitioner i ett patriarkalt samhälle? Säkert, men i kombination med en skadad och samarbetsvillig personlighet kan det utvecklas till en fulländad katastrof.

Din mor, min mormor har alltid fascinerat mig,

men det har jag aldrig vågat erkänna av någon slags solidaritet med dig och ditt öde. Tillhörde hon de kvinnliga pionjärerna som kämpade för jämlikhet och jämställdhet? Det skulle inte förvåna mig. Född i mitten av 1890-talet och död nästan hundra år senare. Med utbildning, egna pengar, dominant och karismatisk men med ett förakt för män som jag inte vet orsaken till. Det sägs att friarna var många och att särskilt en förmögen hemvändare från Amerika ihärdigt uppvaktade den högdragna, oåtkomliga, men utan framgång. Hos dig har jag hittat sepiatonade foton som föreställer en mörk skönhet med höga kindben och fint skurna drag. På bilderna sitter hon till häst och ofta har hon en schäferliknande hund vid sin sida. Hon ska ha varit en skicklig ryttare och red även in hästar, och så mycket kan jag om ridning för att veta att det klarar inte vem som helst.

Priset hon betalade för sitt livsval var säkert högt och den hårda ytan fungerade som ett pansar mot ovälkomna känslor och eventuell ånger, om hon nu någonsin ångrade sig. Så höll hon sin värld i schack. Hon gifte sig aldrig, fick inga fler barn, levde med hundar och hästar och kvinnor i jämställda relationer. Var hon kanske lesbisk, som ryktet sa? Led hon, saknade hon något? Det fick vi aldrig veta.

Vi bevakade henne på avstånd. När hon blev riktigt gammal fick hon en stroke och flyttades till ett hem. Du ville dit, vad hoppades du på en sista gång?

Hon satt i rullstol med förlamning i halva ansiktet och kroppen. Hon verkade känna igen oss, men det blev inget sagt. Bara tafatta klappar på armar och händer. Inbillar jag mig, eller såg jag en förtvivlan i hennes vattniga ögon? Du var berörd, minns jag. För första gången uttryckte du att allt var för sent och du verkade ledsen över det.

Det går knappt en dag utan att jag grubblar över vem hon var, vem du var, vem jag är. Jag kan inte låta bli att laborera med kontrafaktisk historia; vem hade du blivit om du fått växa upp med henne? Hade du fått utbildning, andra referenser, sociala manér, en stabil kärna? Vilka hade vi blivit då? Jag vet egentligen inte vad hennes beslut gjorde med henne som kvinna och människa, men jag vet vad det gjorde med dig och med oss barn, och i sin tur våra barn. Vi som alla har levt ett liv med dig i skuggan av din mor.

Nu när du är död fortsätter jag att tänka på dig som ett olyckligt barn, som jag försökt skydda och trösta så länge jag kan minnas. Ett barn som ett helt liv försökt få sina avslitna rottrådar att fästa någonstans där det är tryggt att vara och där man får växa till en hel människa.

Mamma, var inte rädd. Jag fortsätter att vaka över dig som jag alltid har gjort.